梁潇霏 著

蜻蜓火车

DRAGONFLY TRAIN

长江出版传媒 | 长江文艺出版社

梁潇霏

诗人，黑龙江省作家协会会，电视导演。
2015年由长江文艺出版社出版诗集《白昼隐者》。现居哈尔滨。

目　录

第二辑 天堂鸟的秘密

第三辑　等　光

第四辑　我们的眼里盛满海水

第五辑　那在夜色中更娇艳的

第 一 辑

梦中的房子

七　月

七月是表白
太阳升起
鸟鸣抵达每一片叶脉
蜜蜂的吻渗透花间

七月的果实着色
如同喜悦来临时的红晕
此时，一些甜蜜可以收获
坦诚的人不必等到秋天

我愿你像金鱼草一样鲜艳
像红宝石闪耀内在的光芒
七月出生的孩子，当你睡了
狄安娜女神守护你的梦眠

2015．7．12

蓝色的云朵

蓝色的云朵
比天空还深的颜色
向着橙黄色晚霞的天际飘去

像傍晚的村庄聚起蓝色雾霭
不，蓝雾太淡
像蓝色的墨水泼在纸上

也不，这些比喻不够美艳
像风吹起原野上成群结队的马兰
像大地的女儿挥动大海的头巾起舞

像我那么浓郁的思念
纷纷出逃，这些蓝色的飞鸟
但是片刻，就消失在我们的视野

所有有形无形的物质
都会终结，但不会真正消亡
而明天，也将有更新的云朵出现

2015．9．30

梦中的房子

那栋房子，再次出现在我的梦境
在东方的湖畔，联排第二家
走廊的光线
斜射在大马士革花纹壁纸上

从书房的窗子望出去，我看见邻家的男人
在向湖畔的树上拴小船
他将钓的鱼装在桶里
戴着南美洲人那种带檐的帽子

他的花园里开着不景气的花
但凡是有花的地方也都好看
他的妻子，一个面色苍白的女人
在浴室里洗着大堆的衣服

天边涂抹着橙黄色的彩霞
这些转瞬即逝的美幻
我的房间在哪儿
这时我的母亲扶着走廊墙壁问

她像从高处摔下来的雕像
被墙壁给支撑住了

又像一个轮廓模糊的剪影
光丛在她的身后漫射

我领她去了她的房间
她喜欢那张安稳的大床
是客房吗
她敏感地问

我于是把已故父亲的照片挂在墙上
照片有时候比真实的人更能宣告领地
我也来到我的房间，那从不使用的梳妆台上
有一幅女人柔和面孔的油画

她挎着篮子，在回头看
头上包着围巾
我的土耳其油灯并没有燃亮
地上是老旧的手工羊毛毯

为什么我要如此详尽地描述它们呢
那是因为每一次梦里它们都是这个样子
就像我真的有过这样的房子
不知道为什么我把它遗忘了

但是在梦里
我痛心地提醒自己
这座房子是存在的啊

我的妈妈还来这里住过

而且，花园里一直开着鼠尾草
到了夜晚，雾气弥漫
宁静而神秘
我曾在紫色的香径上，多次徘徊

2015．9．12

榆树的风景

有些东西的存在不被认可
譬如榆树现身于别墅的花园

管闲事的过路人对我说
把它挖出去，种上一棵果树

哪怕一株高大的紫丁香
也有朋友建议

可是它偏偏是榆树
自己生出来的

长在一个不得当的地方
雅致的小亭子旁

一个品茗读书的所在
最好有几丛摇清生凉的翠竹

也可以桃之夭夭
或者月光的夜晚，杏花满枝

但它只是一棵普通的榆树

和路旁山野的榆树无异

它泛绿，长高
不卑不亢

春风中
舞出枝叶的曼妙

秋日下
精心为米色的布料印花

一棵榆树
长在花园里又有什么不妥呢

我坐在摇椅上，手捧诗书
为飘动的风景陶醉

2015. 10. 7

时　光

鸟声颤动清晨
风的齿轮旋转

梦的水流到海角
花朵奔向天边

你吻我
我留在昨晚

2015. 6. 6

第一朵芍药

在清晓的梦里醒来——
粉色的少女
坐在碧波之上
金丝的花心

她在风中颤动
一切是那么新鲜
她将结识蝴蝶和蜜蜂
但请不要学会挂牵

啊，这园中第一朵芍药
你安心地开放就好
听听小鸟的歌唱就好
把夸耀轻轻地丢在一边

2015. 6. 5

新　鲜

我给芍药花苞拍了照——
她像和情人怄气的女子，
就要被甜言蜜语逗笑！

我给草莓花拍了照——
她们三姐妹个个清丽，
选择哪一朵会让我烦恼！

打碗花我也拍下了——
它不言不语地生长，
蓦然开放，给世界大大的惊响。

给毛百合也来一张吧！
她们被毛茸茸的被子包裹着，
还不知道情为何物。

哈，这一早晨，
鸟儿的叫声比花儿还新鲜呢！
可惜，我没有拍到。

2015. 6. 5

封　印

我深爱的都不是喧闹的
像静谧的花开和雪飘
我相信"沉默"这个词语
它有着无限的安宁与辽阔

所有的声音都有范围
所有的光都可以测量
我不记录响彻的誓言
但收藏亲吻的封印

2015. 7. 6

水　域

我们之间隔着一片水域
在波光粼粼中我望向你
你消瘦着如同一支芦苇
水中的倒影比人还要清晰

你似乎什么都没有看
或者正看向虚无
你的影子被水鸟的利爪划过
我听到自己心痛破碎的声音

隔着一片水域
那可看到边际却永远走不过去的
我们拉了一下手
你的手湿滑着

我笑着和你道别
一转身眼泪流了下来
不知道我们究竟是否见过了
我的面前又多出一片海

2015. 6. 6

厌　恶

把一切掏空
所有以物质形式存在的

身体是开放的河床
冰冷的水流反复冲荡着

终于，我成为一棵虚弱的芦苇
站立起来

看见一个和自己很像的人
在远远的地方掩着口鼻

2015. 6. 9

布谷鸟的叫声

布谷鸟凄怨的叫声
把我唤醒在凌晨四点
它应该是在房前那片林中
松树比任何时候都苍翠

布谷鸟四声一度地响彻不停
我看不到它鲜红的嘴巴
只知道是我自己在流血
身上和心上，擦也擦不净

分明又快到端午了
我以大度安眠了多少无恨之夜
但布谷鸟，你这个霸道的角色
还有什么解不开的仇怨

最深的痛乃无声
我听山风吹奏永恒的长笛
而江水低声吟读关于短暂的诗篇
我知道布谷鸟的叫声会越来越远

2015. 6. 16

双　子

我有一个隐藏的自己
身体之外另有一个身体
一条直线下还有一条直线
像是用笔勾画的暗影

在白昼，太阳的苍穹后
我有一片寂静的梦眠夜空
而在沉默的高山背面
是群马奔腾的草原

有时它也在我的内部
岛中有岛，湖中有湖
果园里的浆果园
花园里的野花园

那另一个自己，无声隐匿
而当风暴来临，浪花激溅
成熟的时日，花儿与果实
热烈如火焰之舞

2015．6．20

夏　至

这是白昼最长的一天，
长到你想用它做些什么。

忘掉一个人需要很长时间，
那么就选择今天吧。

重新开始要有转折点，此后
就和太阳一起走回头路吧。

让我们去吃苦的食物，
让无声的泪滴进伏前的雨水。

如果胸脘痞闷或夜卧不安，
再去抓一味半夏。

2015. 6. 22

空 忆

有些记忆不是彩色的
没有热烈的红或悲伤的青
安静的紫或敏感的灰

它们是没有颜色的
也不是深刻的黑和素净的白
更像无色透明的玻璃

有时气泡般飘过
在某一时刻，当你触摸它
它随即化为乌有

2015. 6. 27

夜的十四行诗

夜给自己罩上黑布，
只把眼睛留给醒着的。
有谁在蠢蠢欲动，
细琐的声音，来自何处？

有些什么揭开黑布走出来，
天空是他们的舞台。
这些害羞者，以为没有观众，
因为每个失眠者都那么安静。

他们开始表演神秘的戏剧，
天才的技艺无与伦比！
深邃的独白，精彩的对白，
用另一个世界的声音歌唱。

结尾，他们纵情欢笑相拥而泣，
又倏忽冷静地分开，一一谢幕。

2015. 7. 2

立秋之晨

我在夏的夜半睡去
在秋的凌晨醒来
醒在
词语堆积的回忆上
它们比梧桐的叶子还提早一天
凋零了

天空灰暗，冷漠如纸
下弦月孤单
虫声微弱如浅浅的摇篮曲
心
像一枚酸涩的果实
荒凉地掉落在草丛

那被惊醒的鸟儿
你不要叫——
天还未明
此刻
正是秋的初泪
滴落的时辰

2015．8．8

盐　湖

当斑斑驳驳的往事印记
被咸的泪水冲刷
现实便成为白色的晶体盐湖

空旷静寂
如果你没有尝到它的滋味
会以为那是无垠的雪地

2015. 8. 10

蜀葵花地

你尝试过把蜀葵种成一大片吗
树林似的！当它们长高，开花
人一样站立着
每朵花都是诱惑

你走进去，它们就一起望向你
但没有一棵给你让路
你侧身而过，它们就挤着你
你会毛骨悚然

你儿时可闯进过墓地
那每个坟头都凸起着
里面埋着或许是不久前来到的人
或者已经住了很久

他们生前做过什么？怎么死的
你恐惧又好奇，徘徊在这些坟茔之间
想象着，会有一座突然打开
坐起来个什么，和你说话

月光如鳞
那枯瘦的手指抚摸着光滑的大理石

惨白的脸低垂
幽幽地叹息

这些蜀葵此刻就这样阴森森地耸立
紫红的花朵仿佛吸血鬼
丰厚张扬的嘴唇
随时会像亲吻一样按压过来

有的花瓣卷起
像他们伸出鲜红的舌头舔舐
叶子上有漏洞
更像被抓破的手臂

有时我坐在秋千上缓缓摇荡
能感受到后面凉飕飕的风
慢慢摸爬上脊背
又无声地冷笑着

2015. 8. 21

时间巨人

时间的巨人
每天都来
看到他，我方知自己渺小
每次他离开
又会从我身边带走些什么
唯有爱和诗
他拿不去

2015. 8. 24

秋天沉默

山葡萄，黑星星
在白昼也睁着夜的眼睛

它们无法看懂秋天的沉默
果实的谜底，都远在季节之外

2015. 8. 25

天鹅在飞

天鹅的传说飞了一天一夜
还是没有看见它的真容
关于它的消息不断更新

说来，不来了
不来，又要来
来了，何时来

一点风吹草动
都让我们凝神驻足
就连雨滴都像它捎来的口信

如同在夏至的漠河寻找北极光
我们不断向灰蒙蒙的天际眺望
在不安中等待

而我们究竟在期盼什么
我们会如此渴望一场肆虐的台风吗
会为花朵凋零草木匍匐而激动吗

不
我们是要一场迅疾的热带风暴

把沉闷无聊的生活撕成碎片

当平庸被摧毁，我们不会发出
怜悯的叹息，相反
我们愿为自由的闯荡而冒险

2015. 8. 27

月亮爬着天空的梯子

黄月亮
爬着天空的梯子
像一只孤独的橘子
完整的果皮里包裹着
碎成十四瓣的心

2015. 8. 30

影　子

你站在光明的地方
影子也会出现
除非你是一个透明人
光线毫无遮挡地把你穿过
或者在绝对的黑暗
彼时你们合为一体

2015. 9. 19

幸存者

当一段热烈的爱结束
两个人中
用心深沉的那个
都会不舍

他在人前微笑
在夜里哭泣
一遍遍回忆往昔
检点自己

每一个细节
都像针尖儿
指头滴出血来
默写出鲜红的名字

像战场的士兵
悼念阵亡的战友
痛苦的人啊
我却要祝福你

你是在爱的硝烟中
活下来的幸存者

2015. 9. 15

俄罗斯的月亮

早晨六点，俄罗斯的白月亮
高高悬挂在安加拉河上空。
这不是我的月亮，
我的月亮在松花江。

2015. 9. 2

蓝色的花儿

我喜爱花儿
更偏爱花朵中的蓝色

那是天空把衣襟裁下一小块儿
送给原野的信物

那是大海
遥寄给高山的相思

是风对草叶最动听的诉说
是风铃草

是雨对钟爱之花最温柔的滋润
是雨久花

是马儿对草原不忍离去的眷恋
是马兰

是那浪漫的回忆
请你勿忘我

虽然，一千年只相知不相见

爱可以比喻成不为因果的彼岸花

但我仍遣轻柔的蓝色风信子告诉你
在东北的大地，我更是那无望的桔梗花

怀着一颗恒久不变的心
坚定的，蓝色的

我的蓝色的花啊
我忧郁的蓝色的梦境

我蓝色的蝴蝶和发饰
蓝色的风筝

我蓝色的眼泪
和蓝色的诗行

2015. 8. 17

当你的心是空的

当你的心是空的
任何事物都可以进出
你便获得了自由

2015. 8. 28

白　露

水珠在空中吹着气泡
夜晚降落在草叶上

这些来自季节的孩子
清晨亲密地拥挤在一起

透明的心，眨着眼睛
昭示必会实现的预言

那是寒冷的再一次警告
残夏只剩下正午的光影

你伸出手臂
也无法阻止它的离去

燕子即将南飞
春天，它们再从开花的海上来

白露了
请深藏起曾经赤裸的一切

2015. 9. 8

古城记忆

那夜
在凤凰古城
我走下木楼
沿着沱江边漫步

游人已然散尽
最后一个卖姜糖的也在收摊儿
青石板路湿冷冷的
我的脚也在十月里冰凉

忽然间，我感到孤单
在笙歌如梦的凤凰城
在陌生的异乡
我看见转角处一条猫虚晃了一枪

我用手擦拭着眼泪
从一串串透明的红灯笼下走过
经过一处敞开的凹形橱窗时
上面半躺着的人吓了我一跳

看见我走来
便倏然坐了起来

原来是身穿素衣的女子
用手示意腾出来的位置

我们简单询问对方几句
就不再说话
我和她一起默默坐着
看狭窄的天空和空洞的古巷

夜未央，我告别离去
回到客栈，深深地睡去
多年以后，说起凤凰古城
我会想起那个姓释的女人

2015. 9. 29

星　光

她的视线远远投射过去
众多模糊的面孔
人们都背着光

但她看见了他
脸上洋溢着光辉
在人群中，他自己发着光

他们对视到，便隐秘地笑
也许他们都没有笑
但是知道已打过了招呼

在众生之中
那些用灵魂写字的人
头上都燃着一盏灯

照耀着坎坷的道路
也为能在漆黑的大海上相逢
他们或是从天上跑下来的星星

2015. 10. 21

花瓶碎了

花瓶腻味了再做花瓶，
恰巧一本厚书厌烦了矗立。
轰然倒塌的理论砸向它，
花瓶如愿以偿地做回了玻璃。

平静的女主人毫不疼惜，
送它们到门口。
明天，可会有特别的旅行？
但注定是一去不返。

夜深了，风从门缝挤进来，
绘声讲述外面的奇闻。
花瓶的玻璃已感到寒意，
但还是暗自发出兴奋的尖叫！

2015. 10. 30

立　冬

你挽留不住那想走的
该来的也都会来

当太阳吝啬起她黄金的光芒
东北的大地便缄口不言

人们冷得躲进房屋
没有什么比收藏起自己最要紧了

绚烂影子一样消失
我只想向火取暖

窗外，海棠树的枝条
像一支支孤独的箭

等待着
一场大雪的羽毛

2015. 11. 8

初 雪

你站在天空的树下
听寂静的音乐
一场雪飘来

她的身体轻巧
她的吻颤栗
温柔的冰冷

一朵朵的花
在睫毛上开
当你闭上眼睛

一颗颗小星星
细碎的，纤薄的
小小的手，纸片剪出来的

哦，小爱人
她轻抚你的发丝
在耳畔淹没你

2015. 11. 9

山中初冬

此刻，我归属溪流——
山间二重奏之
钢琴，黑白键跃动。

空山刚刚被雪洗过，
我小心踩着
潮湿的落叶。

一只金翅雀
在柞树上吹起短笛，
时断时续。

隐藏的乐者，你可幸福？
白桦树都沉默着，
火红的荚蒾果提着最后一颗眼泪。

再往前，溪水开始结冰，
树木照着瘦小的镜子。
不远处，浓绿的青苔不屑一顾。

2015. 11. 15

小雪无雪

雪开始变灰，发黑
那唯一走过树林的人
瞥一眼，皱了眉
小雪的雪，都下到了千里之外

路干冷而生硬
只顾把自己抱紧
枯寒的叶子死死抓着地皮
不停地打着趔趄

冬天在天空照耀
糖槭树锋利的种子
一刀一刀地割下去
愚蠢的人也放弃了渴望柔情

还没到严酷的季节吗
但更接近事实
欲哭的泪流回到体内
结成了一只心形的冰灯

2015. 11. 22

雪又一次在夜晚降临

雪又一次在夜晚降临
像决然离开的人
又悄然回来

再一次温柔地说想念
说重逢
说永恒之爱

2015. 12. 4

雪夜回家

雪夜回家
我看见大朵大朵的白云
安然地坐在
松枝上小叶丁香上忍冬树上

星星的童年眨着眼睛
路灯昏黄
我踩着梦幻般的雪
几条狗隔空撕咬

哦　好像经历过这样的情境
那是什么时候
我记不清了
只记得同样的疲倦和忧伤

2015. 12. 5

大　雪

你这盛大的雪啊
也落在我内心的节气里

这冬天最凄美的舞蹈
是我迷失而痛苦的爱

我童年的童话
随隆冬越来越寒冷

越来越早，一年比一年
大雪赶走小雪……总有一天

我的睫毛和头发都是白色的
而我，愿这漫天的飞雪

更早地，深深地把我埋葬
我将在干净的世界，死而复生

2015. 12. 7

碎　片

缺少什么，
什么也能连成一片。
瓷片的墙壁，
翅膀的博物馆。

2015. 12. 15

尾　声

舞蹈尚未开始
篝火即将燃尽

疲乏的木灰随风
一层一层地吹着

说尽词语的人
想找个机会撤离

天空星星隐现
唯它们光辉永在

2015. 6. 9

第 二 辑

天堂鸟的秘密

原　野

落日比你提早离开
沉入地平线
再见

原野的热度迅速消退
暮色的寒凉
从脚踝爬到大腿

你凝神远方
与黄昏最后共处
四野茫茫

你留恋着
但无法一直待在那里
虫声催你回家

天地将渐渐合拢
直到他们的孩子生出来
星星的儿子们，月亮的七公主

2016．3．17

清　明

一场大风过后
万物清洁而明净

你在书里赏花踏青
想起那个为你做寒食的人

那如杨柳一样的女子
有人叫她的名字，缓缓回身

就像北方的春天
不急着来到

花朵包裹在褴褛之中
野菜只掀开腐叶的一角

香炉的冻土化开了，黝黑松软
秋千链子发出吱呀的叫喊

敏感的人在夜里
写下疼痛的文字

你要知道

有人走，就有人来

你流出眼泪
又仰头笑出了声

这是多么特别的日子啊
星光流垂，辉映在你的长发之端

2016. 4. 4

天堂鸟的秘密

夜晚
我们在酒店的花园散步
看到一汪水洼
月光下泛着细密的涟漪

我说，好奇怪呀
为什么下了一场雨
水洼里就会有鱼？那鱼的种子
是天上播撒下来的吗

你说，我觉得更神奇的是
你把水果放上几天
里面会飞出小虫
那小虫的种子是哪里来的呢

我们都回答不了对方
继续向园林深处走去
旅人蕉巨大的手掌伸到天空
星星向下探着身子

经过白天我从园丁处得知
最后一支天堂鸟藏匿的地方

我慢下脚步，思考着
该不该分开它们浓密的叶子

但我最终没有给你展示
这朵花的秘密。我们走着
听着石子踢开的声音。不远处
笼子里的蓝孔雀在轻声叫唤

2016. 2. 28

梦见普拉斯

像一对姐妹
差不多同样的身高
我们都穿着长裤
她是灰色小西装
我是亚麻色
在林间小路漫步

和中国女友一样手拉手了吗
但那看起来
更像美国的同性恋者
她说的话我都懂
不知道我们使用的是哪种语言
似乎心有灵犀

她坚强的忧郁
如同雨中飞翔的鸽子
而不是灰色的海鸥
她谈论着意象的诗句
这正是我缺乏的
一匹马从眼前跑过

我们讲起不忠的男人

独自抚养孩子的快乐与艰辛
对母亲的情感都难以言说
对父爱的缺失各有不同
这时候她不是诗人
我也不是读者

那条深夜湿漉漉的小径
两旁是南方幽谧的树林
我们浅色的衣着像两个不眠的灵魂
瘦高　　敏感　　坚定
但我们的影子暗黑而摇晃
模糊不清

当我在黎明醒来
意识到这是没有结尾的梦
我们也没有讨论另一个
她擅长写诗一样纯熟的技艺
而我将永远拒绝学习这一项
无论此生遭遇到什么

2016. 1. 27

给西尔维娅·普拉斯

你把自己穿在箍紧的黑鞋里
受尽挤压，欺凌
又蹲在巨大神像的阴影中
对手从月亮探出头，张开 O 形嘴
轻易吞噬你刺耳的尖叫

你一直设法控制。在悬崖边
纵身一跃前勒紧缰绳
在昼与夜的地带，你穿越
眼睛里闪烁诡异的笑
扑捉着幽灵般飘闪的意象

你却一直无法抓牢，除了技艺
你诗歌的灵魂，在高空俯看卑微的女人
你在桌子下鬼使神差勾出脚
出走，撕开和火烧
不相信永恒是因为你不能够制约

请原谅，在今天，我对你如此不恭
就像一名医生
透过控诉者的血泪
讨厌的 X 光，看到她内在的病根
可怜之人

但我怎敢说你是可怜的人
跟你相比，我的童年连遮蔽都没有
如海浪面对风暴赤膊厮杀
我的神像还没有我自己高大
我的语言，都暴毙在说出的途中

只是我不知羞耻，自以为是
经常一整天滚动一粒米
从潮湿的黑土运送到松软的沙堆
我们，有相当的一群人
都是这种活法

不是蜜蜂，纵情吮吸花朵的香甜
面对可疑的人，将举起锋利的尾刺
用命来快意恩仇
但知情人说，它们也是苦役
蜂箱的黑暗令它们绝望窒息

我不喜欢吃蜂蜜
你和另一个同龄的女人怎样
萧红，31岁，她的蜜蜂是个小毛球
我和她就隔着一条呼兰河
与你相距一个太平洋

2016．2．11

以爱之名

是谁在操控？
给病了的人雪上加霜，
要安稳的人漂泊在旅途，
让那想对的，一错再错。

轻薄的总能得到真心，
深情的醒在黑夜哭泣，
丑陋的都有坚硬的石头，
善良的人没有保护衣。

你在梦里呼喊，
天涯已没有怀抱。
唯有凋零——
给你的，都请拿回去！

2016. 1. 22

冰窗花

如果注定
我们在太阳下不能相爱
如果怎么逃
也逃不出阻隔的边际
那让我
在寒夜的炉火熄灭后
摸索着米色的墙壁
去那狭小的窗口

透过它去看
天空闪烁的星辰
不必寻找月亮的方向
等待你　和西北风一起
来我玻璃窗前
我们把嘴唇按上去
我爱你
我爱你

说着痛苦的蜜语
你冰冷的呼吸和我灼热的眼泪相遇
快给我讲呀
你翻过多少座山

穿越多少白桦树和落叶松的森林
那奔跑的动物可是驯鹿
那幽深之处的木屋里
到底住着什么人

快告诉我
高处的江水如何急转而下
大海的波浪怎样托出灯塔
你在海底可与水草缠绵
风姿摇曳的珊瑚如何肯放开你
你是否见到像我一样悲伤的透明鱼
带给我的礼物是菊花还是珍珠
桫椤还是扇蕨

而我囊中羞涩
除了为你编织的鹅毛羽衣
它有孔雀和凤凰的图案
可以跳出中古宫廷的乐舞
我童话般的纯洁无瑕
那六角形雪花的头饰
我旖旎的山水
你若要　都给你

啊　这黑暗中隐秘的约会
这浓烈芬芳的夜晚
这不可告人的结合

我们背负了多少不实的名声
而在天亮之前
你必须要离去
我将独自守候我们瑰丽的爱情
直到被温暖的暴力残酷消融

2016．1．23

战　士

我用超越潜意识的力量
把自己解脱于纠缠不清的梦

当我在黑暗中确定睁开了眼睛
就像逃脱危险的人那样幸运

那诡异的刚满三天的孩童
无论是传统的释义还是其他象征

都因我的醒夭折在梦中
我不是第一次杀死他们

可是为什么还有痛苦
屋内漆黑无边

当我从床上下来想拉开窗帘
却摸索着向门的方向走去

我只有像盲人一样停下来
用听力辨别风和夜行车的声音

天空，月亮已经偏向西北
我需用下颚寻找我的右肩

它很亮
亮到让我觉得刺眼

那么孤独却皎洁
让自卑的人更加无地自容

不再想念的人
也依稀记起恍惚的前生

谁曾牵着你的手
走过夜晚隐藏万物的寂静旷野

谁曾与谁一起站在发光的河边
无言看白驹打此匆匆经过

而你们愚蠢地说着永恒
在时间里，谁都以为自己是个例外

谁都无法让一切停下来
你白天假装的欢乐夜里都来报复

如果你还算聪明
就不要仅仅给自己置办一副甲胄

那温柔的人突然把枪刺过来
即便枪尖扎不进去，你也受了内伤

你需要一副铁石心肠
任何武器穿透皮肉你都不会在乎

此刻，当我憔悴万分
一个人在夜晚的窗前无声啜泣

夸张的盔甲疲软地搭在椅背上
你这个冒牌的钢铁战士

连月光的银针都可以伤害你
游走到你柔弱的心脏

你一阵一阵疼痛
血一滴一滴流失

这个时候还不明白吗
你强大的意志只够用来应对什么

而你在浩瀚无垠的宇宙之中
还要战胜什么

2016. 1. 30

引力波

我们曾多次向太阳发出祷告
赐予我们更长久
而忽略了宇宙的黑洞

恒星，那被我们誉为永恒的象征
当它以强者的姿态靠近
黑洞，吸气

巨大的星球，像赤色的火焰
瞬间被仇恨撕开
扭动，陷落，喷溅出锥形体的泪

旋即平息，仿佛任何事件没有发生
发生什么了吗？在浩瀚无垠的宇宙
到处漂浮着暗物质

谁来见证一次飞蛾扑火
一只玻璃球滚过床单
一场爱的寂灭

你说，这是单恋的结局
越是强烈，越将经受惨烈的
摧毁之痛，万物同理

而爱情，要相互的吸引
两只黑色的大眼睛，没有白色的眼仁
以深不见底看向对方

接近，试探，周旋，碰撞
最后以其中一个看似消亡
将灵魂合二为一，成为新的一体

可是，庸常的人啊，你又能领悟多少
当你听到雨珠从针叶松尖儿滴落
打中石头的心脏，你相信这是宇宙的声音吗

你能想象，我们居住在可以弯曲的时空
一个更大的黑洞，一声不吭地
继续在等待另一个吗

如果你分不清归宿和陷阱
你就在夜晚的灯下观察拉长的影子
看小船划过湖面泛起的涟漪

想想亲爱的玫瑰星云
如果有微笑推动你的嘴角
你就感受到了——引力波

2016. 2. 14

我的影子

影子走在前面
像个带路者
果断，自信
我审视着它

它的根仿佛自我的脚跟生长出来
紧紧相连
就像是我的另一个
我，其实是两个

另一个更加神勇
譬如此刻
我在桥上，它在水中
获得了更长的生命

而当我走在路上
尽量小心地靠近路边
躲避那移动之物与我身体的接触
我的影子却招摇过市

我曾看见
汽车重重地碾压着它的头和胸

两个不堪的男人
分别踏着它的大腿，踩过去

我骇然，如同梦里
也不敢看死去的自己
毫无疑问，我受了伤害
随后我看到我的影子却毛发无损

我不得不对它侧目
是的，它具有超能量
当我在单位的门口出示证件方可通过
我的影子穿越了那阻止的栏杆

冰冷的铁栅从它的后背支出来
它却如同一个执着的出轨者
冷酷而坚决，什么都挡不住
它自行通过，并没有流血

当然，它亦有情绪低落之时
每当我头脑发热，迎着滚烫的太阳前行
它便躲在我的身后抱怨
拖我的后腿

有一次我感觉到了
收起响亮的口号
转过身

与它在背光中相对

彼此默默凝视时
我发现它疲惫而虚弱
那么不安，像担心被遗弃的人
我想抱抱它，我的影子

也许在这个世界上
它才是与我不离不弃的人
我们懂得彼此的脆弱
是最为心疼的那一个

但它也像魔术师变出来的
有两个，三个四个，甚至更多
有时候我被我的影子们包围着
我们好像半开的莲花

2016. 2. 16

小　寒

谁会数着节气过日子呢
这一数，就数到了小寒

新欢新颜
恰到好处的轻巧淡漠

显然我们习惯还在旧爱那里
随意而舒适

但我们正在遗忘
像忘记一场大雪那么干净

人生每一次初见都寄予期盼
我们的新恋人

不怕有着冷酷的心
我们有超越人性的耐力

2016. 1. 6

立　春

该写一首明快的诗了
在万物苏萌的日子
哪怕这里还是猎猎寒风

我们迫不及待地需要解冻
过久的孤寂冰冷
已开始怀疑世间的温情

笑容从来就像柔软的雪
它覆盖着什么你不知道
如果你还能流泪

就不是一块石头
你心里埋藏着按耐的草籽
应节气而动

所以你不必呼喊
只用一条簇新的鞭子
默默抽打那偷懒的借口

你知道哪里的羽毛漂浮
哪里的鱼儿碎冰

你就去那里吧

哪里开了桃花你就去吧
花朵都是春天的
而所有的春天都是你的

2016. 2. 3

雨水的雪花

雨水中雪花来了
北方银色的蝴蝶
斜着飞倒着飞旋转着飞

白而寂静，无辜地闪亮
雨水的雪花落在垂柳的脉络上
像二月春风长出了绒毛

你的鱼儿还在冰下游
飞走的大雁窝巢还空着
你的花朵正在酝酿

必须忍住方可熬过
必须忘得干干净净
方可新生

必须要等到
心里的雪全都停住了
雨水才会真的到来

2016. 2. 19

惊　蛰

那长了翅膀的神
连击环绕的天鼓

我们在凌晨听到
同时醒来

所有的生灵
都竖起了耳朵

向天边眺望
仿佛做了一场大梦

依稀的前世今生
我们又活了一次

大地
红花草子和黄花草子疯长

你们在地下松土
你们在山上走动

你们在田间耕作

你们敲打着什么

谁在寻觅春水桃花
那一树深深浅浅的爱情

谁在等她的燕子
徐徐飞回

谁在遥远的南方
写一首明亮的诗

诗里面有你
说着今年的惊蛰

2016. 3. 5

时间的鸩酒

我见到了时间本人
在夜的酒吧

是一位消瘦的男士
人们熟睡后，他独自豪饮

我走过去责备他
何以每天如此驱赶我们

他打量着并识破了我
你拥有破解时间阵法的秘笈

是的，至少我能够躲避
可我无法使用我的武器

具备智慧但缺乏勇气
将活得更痛苦，死得更不甘

我希望你能温和一些
我们可以和解

对胆怯之人我无话可说

你也知道我不会妥协

我无言
投了一枚硬币

无人机送出一杯佳酿
我犹豫着是否要一口饮下

2016. 3. 17

三月的天空寂静

三月的天空寂静
我想念六月的雷声
从绿色的稻田滚过
千屈菜成片生长
水葱绽放

雨后散步
似隐似现一道彩虹
罩在远处楼顶
躁动的心啊
一阵清凉

2016. 3. 19

冥　想

瑜伽清静的冥想中
我看见了你
坐在一大片树林前

早春的大地有些微凉
你望着天
又看向褐色的刺槐

你手里
一根柔软的枝条摆弄着
像是你在弯曲着时光

在一块冰冷的石头上
你坐着，把帽檐压得很低
隐藏起眼底的忧伤

2016. 3. 21

春 分

太阳和星星
给我们等同的昼夜
燕子将穿越雷电飞回

我戴着蝴蝶的发饰
在北方向阳的山坡起舞
冰凌花藏匿于红色枝条的灌木丛

我们不怕太晚
小猫啊果实啊，都在向我们招手
而远方的人，已来到眼前

2016. 3. 20

老 七

她浅浅地笑
似雏菊
她羞涩低头
如海棠花苞低垂

她的声音是风
夏天正午的微风
热而轻
在你的耳边爬过

她舞蹈时像一株玉米
手臂叶子般缓慢挥舞
不算丰满的乳房
玉米棒一样，等待成熟

我们都叫她老七
同寝室的好姐妹
学习最用功的女生
算起来离开我们十年了

前些天
我还遇见当年爱慕她的男生

我们谈论着其他同学
就是没有说起她

而她的前夫
早已在深圳开了家大公司
大学毕业后，她一直等他出狱
结了婚

出事后
我们去看她 4 岁的女儿
她的前夫无奈地说
事业和孩子确实无法兼顾

女儿将寄养在舅舅家
说这些话时，我注意到
那个女孩儿，头上裹着纱布
一言不发，沉默如我儿时一样

我们走出医院
三个姐妹
站在街头哭泣
老八说，她想领那个孩子回家

这之后
我再也没去过帽儿山
记得就是在那一年的三月

她曾邀请我们五月份一起去看花

她说那时山上的花
开得多么让人欢喜啊
说起这些，她就是那样的欢喜
忘记了自己是一个单身母亲

她就永远留在了
寻找花朵的路上
我不知道她变成了哪一种植物
但我希望她开着黄色的花儿

2016. 3. 31

渐次清明

吟诵一首诗
继而怀念一个人
天空落下悲戚的雨
慈爱的面孔，在云的上方

你向前走着，越来越多
亲人，熟识的人
出现在仰望的天幕上
你擦着擦也擦不完的泪

后来，你看见他们在相逢处
热情地打着招呼
谈论着今年的天气
脸上都现出新鲜的笑容

倒是你自己
如陈年的落叶
腐朽而孤独
飘过苍翠的松柏和欢乐的人群

2016. 4. 3

我在你的湖水里

你的眼睛
收藏着太多的泪
它们望着我笑，我受不了
不敢再看你的眼睛

我看你的肩膀
上面压着两座山，沉甸甸的苦
和累。你奋力向上撑着
我不敢看你的肩膀

就去看你的手，你粗壮的双手
握着拳头，骨节似乎发出嘎巴巴的
声响。它们此刻紧张着
我不敢再看你的手

我把脸转过去，不再看你
你却呼唤我，一声声，水一样
我看见我身体的一切
都倒映在你的湖水里

2016. 4. 5

盗　贼

他取走我身体里的水
整整一个夜晚，滂沱汹涌

就连我自己也不知道
我身体里潜藏着那么多的红

从嘴唇、胸部、小腹、我长长的腿
汇聚到月亮的树洞

我的脸苍白如纸
骄傲的乳房变得谦卑

我的手臂空空如低垂的芦苇
两个膝盖，像井盖，被偷走了

可恶的盗贼，从我成为女人那天
就以这种卑劣的手段攫取我

直到我变成干涸的土地
月光下回响他远去的足音

2016．4．7

熄　灭

火苗不再跳跃
风，翻动着
大红玫瑰星云

像我爱你的心
一层一层
打开给你看

在你冷静的注视中
光芒隐去疼痛
复归于黑暗的死寂

2016. 4. 16

提线木偶

从梦的房间走出
跌落于天光的灰白中
尚未复苏的躯体
如同一个木偶
手脚上的线松松垂着

但是很快
锣鼓就会敲打起来
它将跑上戏台
载歌载舞

2016. 4. 17

罪　行

梦到一个人
偷了巧克力蛋糕上的
日期间隔号
被抓到钉在门口了

2016．4．18

谷　雨

布谷鸟在遥远的林地
练习音阶

戴胜鸟在秘密的树洞
描画冠羽

天空落下
金黄的谷粒

饥饿的人喜极而泣
这是我最爱的节气啊

可以用汉字写下
谷雨的诗

2016. 4. 19

夜半咳醒

饭后我们聊得高兴
一位诗人，坐在我身旁
点燃了一根烟

我以为诗歌的纯洁
可以抵御烟雾的侵害
就没有借故离开

回到家，夜半开始咳嗽
呼吸艰难
不得不在黑暗中坐着

一连几个晚上
每天我都这样咳上一阵
每一次我都会想起那位诗人

那个晚上，他第二次拿出烟
我告诉他我对香烟过敏
他就去了别的房间

但他很快就回来了
他那天身体浮肿

却率真而健谈

说起艰难的日子
诗歌中隐秘的痛苦和辽阔
有好几次我想流泪

2016. 5. 3

立　夏

丁香刚刚开放
你沉迷于若有若无的香气

但你渴望成熟
欲望野菜般疯长

你的水洼发亮
褐色小青蛙彻夜鸣叫

你的土壤湿润
等待蚯蚓的犁铧翻动

同时，不管你喜不喜欢
乌鸦将前来觅食

又能怎样呢
你只爱那个戴着朱红玉佩的人

2016. 5. 5

在这样一个突然醒来的早上

在这样一个突然醒来的早上
雨点儿急剧打在玻璃窗
阳台金属栏杆与风发出颤动的鸣响

我可以就这样醒上一会儿
什么都不想
不必去思索什么为什么

我越来越明白
没有什么是真正通过思考想清楚的
它更无法解决问题

你就在那儿
在一个叫做 5 月 6 日的清晨
白痴一样聆听雨声

昨日太阳的光芒
江水的黄昏
迷失方向的夜晚

你听到和说过的话
你读到的诗歌

全部都是梦幻

而你现在如果思想
知道雨滴也是过去式
智慧没有用处

2016. 5. 6

迷　途

开车经过一棵树
我惊呼　下雪啦
你说　是梨花儿

哦　白色的花瓣儿
撒在车窗上
纷纷打滑梯走了

我们有些恍惚
依次又经过了金银忍冬
苹果树和小桃红

最终陷进了
紫丁香的迷雾

2016. 5. 11

像梦一样醒来的空间

早晨看见夜里写下的文字
在被雨声惊醒的时刻
我想起过你

行踪不定的人
冷漠无情的人
和我一样疼痛着躲在角落里的人

你其实来过我这里
浇着小雨，没有打伞
未曾说一句话

但我知道你是真实的
比有人介绍你时更真实
比以往我们在一起时更真实

在五月的一场夜雨里
在空旷得像梦一样的空间
我们捶打过对方

而这一切又是多么不可能

2016．5．12

闪闪的小燕子回来了

发光的金属蓝
划开云层
小型闪电
掠过河流

你与白色的江鸥
短暂重逢
并将见证
丁香花的盛衰

夜里在房间踱步
诗人的眼睛里醒着
孤寂的月光

如果
你能找到老房子
去年的人
还会在屋檐下相爱

2016. 5. 10

思　念

黑白琴键弹响
桃花心木最深底忧伤

窗前刺绣的吟唱
把四季扎成粉红的芍药

2016. 5. 12

见诗如面

我认为
每个人都是自己的
每一句诗，都要避免重复

我喜欢独处
像孤独的豹子
在月光下闪耀白色轮廓

我的文字
也只在夜晚散步
尤其在凌晨三四点钟

那是神的时刻
比太阳更加仁慈
你在众生沉睡中醒来

灵魂漂浮于尘世之上
那么安宁，干干净净
露珠的花瓣和初雪的枝桠

但听到梦里痛苦的呻吟
我也会流泪

我无法忽略你们

每一个爱过和爱着的
素不相识的人
我们见诗如面

2016. 5. 18

第三辑

等　光

语　言

我说了很多话
这几十年
现在我知道它们全无用途

如果你掌握了其他的技巧
诸如音乐和舞蹈
或与一条狗友好相处
语言将变得多余

而当你学会了拥抱，抚摸
两个人水乳交融
你只需发出快乐的呻吟
痛苦时也一样

你坐在一条河流旁
与一朵花儿相互凝视
面对一座山的沉默

转眼到了对这个世界厌倦
不再留恋之时
除了合上眼睛
你更是一言不发

2016．5．19

土　豆

惭愧地说，土豆生长在田地间，
我不认识它的秧苗。但当它们
在集市上或超市里，
很远的地方，我也能看到。

那么温和，妥当，懂它的人
都了解它的善意。它们在手里
被挑来选去，那外表质朴憨厚的，
似乎更为忠诚，也更为人所期待。

哪个女人不喜爱土豆呢？你快乐地
削着皮，我想很多女人都这样做过，
并不觉得歉意。此前你或许已经想好了，
接着要用什么方式对待它。

蒸煮，保留它的原始个性；
分成条，把感觉均匀在每一次触碰；
如果你喜欢滚刀块，那你将与它们
多角度地交流，品尝到不同的味道。

但是，什么样的爱，才能把土豆切丝呢？
什么样的女人，什么样的刀，

可以把土豆切成细致的千丝万缕，并且能够
从狭小的针孔里穿过？爱到像恨！

不管怎样，女人对土豆的情感将一直
持续到晚年。或许到了人生苍暮的阶段，
她们对土豆更加依赖。她们，把它碾压成泥！
当她们不再拥有牙齿，也不依靠味觉。

2016. 6. 29

彻　底

他在小满的月亮下劳作
使用一把线条流畅的冰镐
在小叶丁香与栅栏之间
他把弧形的镐举过头顶
澳大利亚的冰镐光芒锋利
寂静的夜里，咔嚓，咔嚓
对着爬山虎刨下去
又越过丁香的篱墙扔了出来

六年前，他从一位园艺学家那里
引进了新西兰爬山虎
仅仅是四五截短短的根茎
第一个夏天，它们
稀稀疏疏地爬到了四分之一
第二个夏天
它们爬了一半
第三年，整个栅栏都被覆盖了

他坐在自家的园子里
像居住在一座封闭的城堡
欣喜地看着爬山虎飞檐走壁
直到它们开始撕扯白桦树的树冠

捂住路灯的眼睛
捆绑了迎春花的手脚
一朵朵玫瑰，扭曲着被拉低了头
樱桃树恐惧地长成躲避的姿势

最悲惨的是秋千后的稠李，窒息而死
去年，作为近邻的豆角也没有收成
他转而忧心忡忡
戴着从南非买回来的帽子
一次次徘徊在森严的城堡中
终于，他从工具房拿出了冰镐
此前作为道具，它一直挂在松木墙上
只等待一个黄昏的剪影

冰镐因重出江湖而熠熠生辉
每一种东西，都要展示它的威力
发光的小镐，清晨即起
对准生长成势的爬山虎的一隅
一位老人和一名童子军
面对成千上万岿然不动的士兵
空洞而坚韧的声响，一下又一下
任何事物都不能过于强大

爬山虎的根，像潜伏的敌人
被一个个揪了出来
它们曾经无比荣耀的身体

也从栅栏上给摘了下来
警惕的男人把它们扔在了水泥地面
它们惊愕地瘫软，但不甘屈服
一段被遗忘的爬山虎
偷偷扎进一只废弃的花盆

半个月后
园子里几乎所有的根须都被清除了
最粗的根茎已经达到二十公分
这一棵动用了中国传统的铁镐
树根被作为历史的罪证
摆在院子大理石平台上
他逢人便说
看看，不除掉它们怎么能行

此刻，他又开始排查院外了
在空气中满是爱意的夜晚
冰镐像挥舞着寒光的月牙
让潜伏者无处可逃
昆虫从他的脸颊飞过
脚下的蒲公英被踩扁
死去稠李的树影，在墙上摇晃
这是一场彻底的革命

2016. 5. 21

夜的小雨

夜的小雨
就像有人陪你说话
有一句没一句地说
他不会突然离开

直到你困倦了
慢慢闭上眼睛
恍惚回到小时候
你已经睡了
而你那慈爱的祖母
还在哼着摇篮曲

2016. 5. 23

照片上的人

我用了很长时间去寻找照片上的人
她穿着大红袍子，在二楼回廊探出身
看到拥挤的我，扬了一下手里的帕子
张开嘴说了句什么

她应该是说我有一件贵重的东西
在她那里，让我尽快去取
梦里我还清楚这件东西的来龙去脉
但现在我记不清了

只记得她一张模糊的脸
梦里应该是年轻的脸
醒来回忆却是中年的
我开始寻找她

那繁华的景物早已不见了
当时的瞬间成为黑白照片
我给路上遇到的人看
她的图像已模糊不清

照片上所有景致都模糊不清
看照片的人吃力地分辨着

但我还是被指点了一处老房子
我胆战心惊地进入

看到一位穿灰色棉袄的老妇人
坐在黑漆漆的窗口
一个没有牙齿的婴儿
在门口爬行，回头看向我

倏忽间，我和两个陌生的男孩
一个女孩，在路上走
炎炎烈日，沙土地的路
女孩总给我展示她更小时候的照片

我们在灼热的土地上走
路边的榆树做出各种苟活姿态
沙土烫着我们的鞋底儿
他们看起来都非常快乐

但我是焦虑的
我还没有找到
黑白照片上宽大衣袖的女人
她那里有我非取不可的东西

2016. 5. 25

关于老年

我给他读一首关于老年的诗
他静静地听完说
作者当年不是老人
我计算了一下，卡瓦菲斯
写这首诗时，34 岁

当你真的到了老年
并不孤独悔恨
也无暇感时伤怀
你每天忙着未尽的事情
什么都不做的时候
你平静而欢欣
最重要的是
你仍然拥有力量

说完，他拿起一把剪刀
开始修整庞杂的果树枝条
很快地，他把一棵李子树
剪成漂亮的杯状

2016. 5. 28

今年的芍药（组诗）

芍　药

去年
你没有送我玫瑰
也没有赠我牡丹
而是予我芍药

今年
我的芍药自己开了
她在风中遮掩着花心

酢浆草

去年，你爱三叶的
我爱四叶的

今年，你说
它们有毒

但我还是把它们
栽种到园子里

鼠尾草

去年，在梦中的房子
我的妈妈来这里住过
鼠尾草开成一片紫色的湖

今年，它们还没有开
我要看我的妈妈
得去另一个城市

稠　李

去年，我还在比较
你城市的稠李
和我秋千后的
季节相差多少

今年，我秋千后的稠李
它已经死了

秋　千

去年，新西兰爬山虎
把秋千变成了
密不透风的城堡

我躲在里面哭泣

今年，爬山虎被仇恨地清除了
我坐在摇椅上
看见了
青青蓝蓝的天

2016. 5. 28

黄刺梅

躲在明媚春天的后面
黄刺梅后
一个黯淡的身影

许多人把黄刺梅当成了
黄玫瑰，因而忧伤
好吧，那就为爱道歉

如果不爱了
就请走出来，在阳光下
为友谊祝福

2016. 5. 31

芒　种

青麦刚刚出来
稻田鱼苗儿追逐

你的荼蘼花事了
我的芍药正开

看不到谁在哪里食风饮露
谁立在枝头不说话

你吹着前世的竹笛
隐没在蒙蒙烟雨中

2016. 6. 5

123

黄昏的桥

我站在黄昏的桥上哭
看桥下的水，一波波流去
没有晚霞的天际，隐在雾蒙蒙里

有多少次这样的时刻啊
冷风吹着我的脸，我哭着
把要说的话，扔进河水

当眼泪都干了
我也转身离开
仿佛刚才桥上的那个人，不是我

2016. 6. 10

打　鱼

父亲用单肩背着渔网，
水靴响亮地赞美夏日的草地。

我父亲自己会织渔网。
月光下，他左手的食指和拇指捏住尺板，
右手拿着梭子，打出漂亮的结儿。

东河出鱼啦！越来越多的人跑过去。
父亲不急不慌地指给我看一枝马兰。

我们在下游占住有利地形。
父亲解开银色的织网，
渔网从身体左侧向右前方旋出——

一只巨大的泡泡，
一幅版图的轮廓，
汇集了千万道光线，落入水里。

父亲小心地收网。
贾老师打的鱼多啊！
人们蜂拥而来。

水桶几乎装了一多半。
这是几网打上来的呀？
就撒了一网！

如今，父亲已故去多年。
母亲每日念佛。有时她会叹气：
那些年我们吃了很多鱼，
想想都是罪过呀！

2016. 6. 14

蓝鸟花

在灰色真丝的雨雾
我将开成一株蓝鸟花
清凉地穿在夏日的身上

2015. 6. 21

蜻蜓火车

蜻蜓挂着七节车厢
一颗樱桃——临时停靠站

蜻蜓浅绿色的火车头和颈部餐车
第一二节车厢是碧绿的

第三四五节是宝石蓝
最后两节还是绿色的

两对精美的翅，网状脉掐丝
薄而透明的光闪耀

在小小蜻蜓身上
造物主充分显示了他景泰蓝的工艺

此刻，它一动不动，仿佛陷入沉思
回忆那十一次的努力

大约两分钟
它忘怀了前世，轻盈地开走了

2016. 6. 25

阵　雨

六月的云，自行翻着脸
突然的一场阵雨
把一对老人留在屋子里

女儿家的樱桃红了
女婿的车等在外面
门口有黑色的长柄伞

两人透过窗子向外看
园子里，一束金色百合
阳光一样鲜亮

2016. 6. 26

技 艺

我费力地读着《诗艺》
那些拗口的，翻译再翻译
从南美洲得来的句子

想到此前我写诗并无技巧
只是觉得某个词达意
就那样说

我捧着书，不停地困倦
要么就是跟随两只蝴蝶的引导
看它们如何相爱

哦，我也不懂爱情的技艺啊
如果我学会了
可能就不会再说我想你

而是要说
我昨天看见一个人
和你很像

2016. 6. 26

等　光

萱草默默等待
光，已经照射到百日草上
正慢慢挪移

蜜蜂从粉色花朵上飞离
到沾了亮光的油菜花尖儿上
转着圈儿

露水何时不告而辞的
总之它们走了
必然的，我想

和黯淡的花朵一样
此刻我也在等那束光
一只细腿蚊子被我吹开

两片炫耀的蝴蝶
从眼前缠绕着飞过
并轻度地戏弄了我

或许我应该
给盛开的月季拍照

她们正像成名者一样得意

没什么
我不以为然
鸟在林间叫了声"不古"

神说要有光
便会有光
他不会遗忘每一处角落

2016. 7. 3

小　暑

我们不知将身体安放何处
只在无形的火焰上炙烤

仿佛灼热思慕的痛苦
渴望一场相见的雨水

但雨水也让人害怕
天庭发出隆隆的雷声

嗔怒的火啊
欲望无边的水

我们无法离开田野
我们无力冲上高天

若人间之苦还将继续
唯可修炼我们清净的莲心

2016. 7. 6

我夜间像白天一样回到居所

我夜间像白天一样回到居所
灯光击醒所有的沉睡
那些事实不存在的事物
依然固定地显现在视觉里

背景墙上孤零零的照片
雕有灵芝的百年案几
早晨喝过水的杯子
不知何时摘下的蝴蝶发夹

镜子映衬着镜子
流水中白云的倒影
我虚无的手抚摸着
已故诗人们的诗集

但如果我打开
苍鹰和兔子便可复活
如果我放下它们
我又将重复以往的生活

而那藏在语言后的事实
或许它们也是虚妄的

我慢慢爬上床
等待睡眠清醒一样来临

2016. 7. 8

大　暑

沉默的石头
开口说话了

大暑的烦热甚过想念
我们坐卧不安

隐约看见闪电在西方劈开山峰
流水自天上而来

但是，一场什么样的雨
才能让人有所期待呢

要经过多少个酷暑
心境方可处幽篁般清凉

我看见萤火虫的冷光
日落后从腐草飞出

人间纠结的几日
竟是它们的一生一世

2016．7．22

艾　草

对于艾草
就像爱情
我并不是那么了解

只在端午节
不可避免地要接触它
在晨露的原野
低头弯腰去寻找
由香气判断它的真伪

但是过了五月初五
我就遗忘了它
因此我是从未见过艾草的人

2016. 8. 1

立　秋

是梧桐叶子喊了你
还是你喊了它们

你走下清晨白雾的台阶
夏虫都停止了鸣叫

你抬头看天
说好的雨似乎不会来了

想着又要过去的一年
自此后不再有灼热的思念

而寒蝉还在远处
尚未听到流水的声响

2016. 8. 7

莲花月季

我怀念一朵莲花样的月季
青白叶瓣上粉红脸晕
它盛开的时候
我曾相信过爱情

2016. 8. 10

看　见

黄昏的光照亮一片云。
你看见了什么？在那翻卷的波涛里。
胎儿！鲇鱼！沸腾的岩浆……
几位诗人说。

两尊佛！佛首显现为佛祖，
清晰的脸部轮廓，毫光辉耀三千世界。
再远处，阿弥陀佛双手合十，
安详而智慧。

除非一只鸟也看到了，告诉了我。
另一位诗人，他不相信我看见的。
正如导游说：请看这块石头，它像什么？
他们说的，我从来不以为然。

还有一位诗人试图公布正确答案。
但看见的人，都相信自己看见的。
哪有什么答案呢？于万千景象之中，
你看见了什么，它就是什么。

2016. 8. 14

黄瓜心

我在黄瓜地里
挑选了一根最为标致的黄瓜
拿回厨房打开它时
发现它的心是黑色的

我无法想象，在成长中
它都经历了什么
伤得这么深
又是怎样的自尊
让它把伤痛包裹得这么严

2015. 8. 15

大兴安岭彩绘岩画

他们很聪明，使用赭石
在岩壁上又活了
一万八千年

2017. 8. 20

处　暑

让我如何去歌唱
一个万物凋谢的节气

凶狠的鹰在空中盘旋
随时捕捉可怜的生灵

黍稷成熟
大地送别它离去的孩子

大门就要关闭了
请再迟缓一些吧

那在阴影中走动的
也曾是我们的亲人

2016. 8. 23

梦里的一句诗

从前，残忍的雪花
冷碎石头

2016. 8. 31

一朵花就是一朵花

一朵花，她开了，就是开了

蝴蝶从不伪装成蜻蜓

风吹过来，它只是忙着去远方

2016. 9. 4

红双喜

如果你不知道它们是一朵花
你就不知道它是它自己

2016. 9. 4

雨　后

珍珠走下王冠
叶子镶嵌上钻石

2015. 6. 28

九月邂逅一枝兴安杜鹃

一枝春天的达子香
如何躲过盛夏，藏在秋天之心
在我迟来的时候
打开，迎候我

对于花朵，三个季节的等待
意味着什么
此刻，你那孤独之美
如寂静的天外天空，前世的前世

我虽穿越群山
寻到你落脚的地方
但无法一笔勾去陈年
只这场相见，便又欠下一个来生

北国红豆

低矮
我们的相思
就要矮到尘土里

在偃松下，杜香旁，沙参花已经谢了
雅格达羞涩地结着果

但我不知道她爱着谁
那么卑微，血的爱之果

要把它们采下来
就必须屈尊地低头
像是深深的鞠躬、致敬

落叶的小径

不到大兴安岭秋天的森林
不知道我爱落叶
痴迷的爱……深深的，久远的
坐着，走着，湿漉漉的
落叶的小径
最后，被金黄的叶子
覆盖

失眠的人

失眠的人，在夜里
找回了活着的生命
战胜了每一天的失踪

他已经知道得过多
夜晚给了他经验
且密不可宣

当他在一个接一个的脸上醒来
就像一位老者
打量着新生的婴儿

他不再说话
而是微笑

一个失眠的人
他总是沉默寡言

2016. 9. 25

悬　念

火光燃亮，
我们演绎起古老的游戏，
但是突破了它的规则。

自此，
咒语如月亮的弯刀，
夜夜悬挂在夜空。

2016. 9. 28

九　月

我爱四月和七月
但是九月让我沉默
我说不清这是怎样的月份

太阳躺在秋天的后背上发光
月亮被打入冷宫
星星则彻夜失眠

我看见原野上滚滚的牛羊
低头吃着最后的秋草
果实忧伤地成熟

蝴蝶在衰败的花丛中成片飞起
大地明灭不定
蜜蜂不再开口歌唱

九月的湖面平静
像往昔的时光
但回忆也还尚早

九月的人看不见

他在绝望处

又在绝望处逢生

2016. 9. 30

简　爱

干干净净
没有剩下一片叶子
北方赤裸的树
用骨骼
与你深爱

2016. 9. 30

蓝色的雪

我眼里的雪是蓝色的
无论它怎么白
都欺骗不了我
我曾在太阳下仔细观察
偏过头
躲过垂直的光线
发现它闪耀着狡黠的幽蓝之光
是的，蓝色才是它的本质
白色是假象
就像有人以温暖的微笑
掩盖内心的冰冷
也有的事物恰恰相反
就像铁是红的
看起来却是黑的

2016. 10. 12

霜　降

豺狼，
在我们看不见的窝里，
展示它们丰厚的存货。

我们的粮食在哪里呢？
饥饿的人，
从凋敝的草丛走过。

头上，
发黄的树叶，
用尽最后的气力坚守。

傻子都知道
到了什么节气。
月新霜白也不过是刀剑。

但我们没有洞穴，
只能咬紧牙关。
多一个少一个坏消息又能如何？

2016. 10. 21

正午的光阴

在正午的光阴中
风的甬道上，最后的棉铃花
宛如蝶翅

葡萄架空空地撑着手臂
燥吠的狗都不叫了
几只麻雀在裸露的土上觅食

清晨的薄雪已经融化
秋千湿着，两只闷葫芦
像一对沉默的老人，坐在上面

十月的大地正在收回它的慷慨
我们将陆续交出一切
你所保管的都要归还

2016. 10. 26

写一首爱的诗给我

写一首爱的诗给我
那说着想念的人
手拿一枚叶子而不是花朵
我不问你去了哪里

你的眼睛透着甜美的光
比玫瑰还香
在秋天，亲爱的
写一首爱的诗给我

在静谧的夜晚
朝拜月亮的人都睡了
在湖水里
写一首爱的诗给我

2016. 10. 10

穷　人

我把秋天的果实藏匿起来
在下雪之前
作为整个冬天的储备

但你每天都打听它们的下落
我于是献给了你
你夸赞它们好吃，很快吃光了

我什么都没有了，亲爱的人
我红着脸
把两只空空的手插进衣袋

站在你的面前
不敢抬头
怕你说我是穷人

但你并没有安慰我
唱着歌，你去寻找更宝贵的财富了
甚至没有对我说声谢谢

你以为我的果子会很多吧

或者我对谁都这么慷慨

也许你仅仅是遗忘了罢

2016. 11. 3

只有我知晓你的沉默

你闭着眼睛
轻倚我的胸前
一句话也不说
只有我知晓你的沉默

只有我知晓你的沉默
和你的嘴唇，不是石头一样干燥
而是花瓣儿般柔软
而你的舌尖，直抵我的心尖儿

我的心啊
溅起飞浪，弄湿了我的船
亲爱的，只有你知晓如何撑桨
进入那秘密的巢穴

2016. 11. 3

想　念

你的豹子反复进攻我
在山冈
月亮已沉入深谷
晨雾四起

你从背后抱住我
撕开我血肉之躯
并高挂我于树枝之上
不管那裸露的心脏如何颤抖

我已无法活下去
亲爱的，我明白
我就要死在你残暴的怀中

你当初的一吻
封缄了我所有的疑问
现在，只差你最后致命的一击

2016. 11. 4

163

夜　豹

我是一个沉默的女人
惯于在白昼的丛林隐居
任你如何呼唤，都不会应答
即便夜晚，也害怕走漏了风声
但我会在黑夜变成豹子
用闪电划过河流，俘获月亮的语言
在树干与树干之间
我思想的磷光跳跃
我的咆哮从寂静的山谷传出
听到的人会颤栗
但豹纹的诱惑将使他无法离去
亲爱的
就让我们互为猎物

2017．11．5

第 四 辑

我们的眼里盛满海水

壁 虎

天空缓慢卷起沉重的幕布
南山的椰林呈现出剪影
我缺席了二百四十个黎明
鸭母河并未因此停止流淌
昨夜，于众蛇之梦中醒来
听到旖旎的水声，和三月时一样

但我知，岸是春天的岸
水已是初冬的雨水
现在，当我伫立窗前
河边的柳叶榕正接近阳台栏杆
树叶簌簌地应和蛐蛐成片的鸣叫
一只惊鸟从墙壁缝隙中逃离

它还会回来的
正如我刚刚拉开窗帘
又看见黄褐色的壁虎
大眼睛的房客，张开的五只脚趾
像我挂衣服的粘钩
婴儿一般吸附在墙上

2016. 11. 10

167

真　金

突然间我被扔进烈火的熔炉
一千度的高温炙烤
失去方向而无法固守
心灵与意志被暗红的旗子裹挟
融化成血液
在燃烧的飓风中飘扬
他们趁我灼热之时拷打
直至我一言不发但泪如火星
啊！我将被打造成他们所需的任何形状
但无论变成什么
我都会很快冷静下来
并且金子的尊贵不允许我
在熔融后有任何的增损

2016. 11. 12

168

一只热带鸟

它在墙壁的夹缝梦呓
在夜里，就像活在我的体内
就像是我的前世
一只热带的鸟
凌晨就会飞出去
在槟榔树上
我辨认不出它是哪一个

2016. 11. 15

Extra-super Moon

今晚，我将在波波利海上仰望一轮满月，
我们称它为超级月亮中的超级月亮。

上一次它出现在 1948 年
彼时，你与我都还没有出生

以往我们也看到过超级月亮
但它们不够大，不够亮

当我和你
在浩瀚的宇宙相遇，彼此吸引

无论如何我都不敢想象
两颗星球激情碰撞，燃烧

几十亿年，我们有自己的轨道
苦役般平稳运行

如果我们真的思念
就缩短三万英里的距离

要一次最近的凝视，巨大的错觉

梦幻般……然后离开

如果，我们还会继续相爱
等到 2034 年

那时，我们苍老的容颜
像月亮里的积雪

2016. 11. 14

一只老鼠

一只老鼠被汽车压扁在马路上

如果它幻想过飞翔
现在就成了蝙蝠侠
如果它曾经觉得自己渺小
此刻便是庞然大物
如果，它生前从不敢过街
就不会有如此下场

今天，它公然停在马路的正中间

这只老鼠，从来没有吸引过
这么多的目光和议论
有人觉得它罪有应得
有人同情它毕竟也是一条生命
有人掩鼻而过，不发一言
有人咒骂怎么还不快把它弄走

正午的光线照在马路上像老鼠在惨叫

2016. 11. 18

172

做饭时看到一只小虫

一只小虫在菜板上爬行，白蚁？
我俯下头，用两汪湖泊的眼睛观看。
它太小了，甚至不能用"只"来形容。
比最小的一粒尘土还微小，
我仔细看也看不清它到底是什么。
就见一个小白点儿，行过广大树干的纹理，
向着菜板的一端，那儿，仿佛热带雨林，
堆着刚刚清洗干净的豆角。
看它前进的方向，准确无误。但是没有人
能够把带着小虫的豆角放进油锅里。
我找来餐巾纸，它的前面出现了
白色沙滩，热带雨林依然可望。
它毫不犹豫地踏上了这张阿拉伯飞毯，
平稳降落在窗口。
窗外，棕榈叶子已高及窗台。
但如果它愿意，
也可以换乘一艘三角梅的花瓣船，
再打一段芭蕉叶子的滑梯，
去楼下的草坪——
巨大的球场上，踢足球。

2016. 11. 21

173

窗　花

你是谁？
我怎能相信他们的解释——
被囚禁的水，
把珍藏的记忆雕刻成
雨林，松枝，孔雀的羽毛。

而我在夜里失踪了，
究竟发生了什么，我并不知道。
即便来了一百个画工，
拿着缝针一样的笔，
坐在梯子上细致描画。
或者光和爱，在黑夜到来过？

也许梦游者就是我自己。
无意识中，我把内心的隐秘
都和盘托出了。

2016. 11. 21

开往雪国的列车

开往雪国的列车
载着那些从夜班或夜市回来的人
他们疲乏而唠叨
厌倦了梦一般又不如梦里自由的日子
而列车也过于平稳
它没有烈马的完美鬃毛
阳光下锦缎般波浪的起伏
嘚嘚的马蹄声
他们不会成为英俊迷人的骑手
开往雪国的列车
车窗外弥漫着不紧不慢的风雪
车里的人渐渐都入睡了
当他们醒来
将要进入一个更深的梦

2016. 11. 27

我　爱

我用炉内的新火
爱室外的雪
纷纷扬扬的迷乱和无声冷漠的白

用悲戚的目光
爱葡萄架上觅食的喜鹊
和一只在纸箱中沉睡的猫

我用怜悯的珍惜
爱一件买错的衣服
和一些不断变化的理由

我用最初的凝视
日夜的痛
爱着逢场作戏

我用无望的手指
爱着救治的药片
以生者的轻浮爱着死者的庄重

我用母亲的沉默

大地的接纳

爱一切的到来

2016. 12. 1

落　花

我看见刚刚落下的花儿
在草地东张西望
像我儿时在原野寻宝

嘿！快来瞧瞧
这儿有一些蚂蚁
这儿，居然是那片说厌倦的叶子
它并没有出海

到了傍晚，大片的青草上
散落着被遗弃的孩子
它们玩够了
想要回家

2016. 12. 5

夜间醒来

睡眠与夜晚融合
身体变成了房子
肺，悲伤的小人儿
蜷缩在床上

热带风吹森林的树叶
小昆虫如雨
远处的雪，无声无息
冬天红色屋顶上的回忆

雾霾，冷空气，空咳嗽
回声的噩梦
无家可归的病人
醒来，坐起来呼吸

2016. 12. 6

大雪的节气想起大雪

又一年
季节铺开大雪

疮口上的盐
离开的伤害

在回放中
申请遗忘的避难所

2016. 12. 7

黎明的忧伤

橙色曙光，托举起夜之蓝
回忆让时间变轻……

不眠的人，曾经等待天亮
温柔相拥，一同从窗户向外看

幻彩一幕很快消失
遥远的记忆，只带来寒冷气息

离开的人
仿佛从没有来过

亲吻过的嘴唇，石头一样
沉入海底

2016. 12. 8

唤　醒

还有谁，
夜里，用古老的歌谣
一次次唤我醒来？
脚趾，大腿，胳膊……
亲也亲不够！

2016. 12. 9

夜 读

惊醒。河水之声
流过时光之门
梦魇隐身

睡吧！黑暗的花朵
她摇摇头，黯然吞下
带刺的果

诗人在镜中看到
滴水的长发
翻身跨过了米拉波桥

2016.12.9

醒来吧！再活一次

醒来吧！再活一次
死亡已倒空了杯盏
天空的颜料洗清
竖琴，从七个音符开始
岩石脱落在深山
红色的肉团爆发
雷电的新世界
我们的眼睛盛满海水
词，隐现宇宙的大门

2016. 12. 10

永远，你是

在月亮的背面
高冈，废弃的房屋
荒草满目

你来，为我擦拭灰尘
最初的模样和心肠
我羞愧于落魄的日子

斥责声响起
你仁忍着
假装迷了眼

永远啊，你是个好人
诚实之镜
从未变白以为黑

2016. 12. 11

幻　城

神秘符号，空中的气泡
裹藏着巨大城市
人们在此杀戮过
敌人的血，溢满城池

剑客偶然经过
拔剑刺过去
无非是一滴水

2016. 12. 12

毁　灭

当诽谤的毒箭射中
石头，也会爆裂
红色河，卷走真相
爱情，被长着倒钩齿的鱼撕碎

2016. 12. 10

缺 席

我们取食，啜饮——
欲望的曼陀罗，
口舌之毒的罂粟，泪的纯情百合。

在虚幻的夜宴——
三角梅泛滥成纸……
玫瑰缺席！

2016．12．10

因　果

我跪下来，为着所有的罪
和恶

我反观自身，为那
贪婪的欲望，出口不逊的嗔怒

为人世间可怕的执着
最最愚蠢的爱恋

为我自以为神
而俯看你们是人的傲慢

并为上述种种所起的疑心
但我不会祈求宽恕

你只教会了我承受
今生此刻未来即是

2016. 12. 12

邂　逅

早晨，在倒伏的稠李树干前
我与一只黑兔不期而遇
它似乎正要撤离
弓着腰，转过头

四目相对，我们中谁更吃惊
谁会先行逃走
这片雪的领域到底是谁的
我们是否需要商量一下

它冷静，不动声色
气度已经超越了一只兔子
我绕开，沿着木头小路走过去
它也不慌不忙地离开

晚上，又见它出现在早晨的地带
安静地伏在雪地上
嘴里衔着一根樱桃树的枝条
像叼着长长的雪茄

2016. 11. 27

黑兔子在黑夜跳舞

黑兔子在黑夜穿行
像黑寡妇在雪地游荡
夜色将它的黑皮肤掩盖了
两只眼睛如红色萤火虫漂浮

黑兔子在黑夜驻足
支起耳朵聆听遥远的风暴
夜晚将风声也平息了
只有梦的广大平静呼吸

黑兔子在黑夜起舞
为着一个欢乐的理由
黑兔子和它的黑影子相伴
如同一个真实的谎言

2016. 11. 27

对时间的新认识

时间

小怪兽

喜吞噬

静止和有规律的食物

2016. 12. 13

睡床上的两个

和我一同
呼吸，转身，叹息

有一个时辰
我真实地感知到

我疲惫的灵魂，躺在床上
和我一起酣睡

影子一样虚弱
石头一般沉重

2016. 12. 15

小镇光阴

我住进某个小镇
窗口，安静的簕杜鹃盛开

夕阳沉入椰林后
余留下一大段黄昏空白

有时我会在夜里醒来
听水鸟在河边梦呓

接着又沉沉入睡
身边躺着荒凉的诗集

小镇的火车站从不敲钟
但黎明每天都准时到来

镇上没有一张我熟悉的脸
当我独自散步，这正是我想要的

没有香烟的火苗和灰烬
我的大床，只适合养病

在这个小镇

时间的流逝波澜不惊

2016. 12. 19

小镇黎明

柳叶榕照着鸭母河的铜镜
黎明如同一位年老的更夫
慢悠悠走在大街上

天空在晾晒丝绸
远处的村庄，公鸡啼鸣
红骑士，你明天还会歌唱吗

你们的人正走向小镇
嘴里嚼着槟榔
带来地瓜叶、甜玉米和土鸡

2016. 12. 19

冬至日的诗

那欢喜欣悦来自我的家乡
天空正馈赠给每个人
冬至日的雪花

在冰封的松花江，中央大街
无论穷人还是富人
都得到了他们想要的礼物

而诗人，在任何地方
构思着他们最新的诗句
祝福你们啊，用我滴水的海蓝之心

2016. 12. 21

平安夜的回忆

远方的雪
从风的额头滴落下来
平安夜的歌声响起
卷发的女人，双手合十
镜子里的烛光映在画中
一个更遥远的故事
铃铛和雪橇，我小小的儿子
抱在我的怀中
扑闪着泪花的眼睛
假如可以再年轻一回
我会与你一同去喝那杯酒
当你拿着礼物向我们走来
你的脸烧得通红
像多年以后我看到的那朵云
那一次，我驻足观望许久
但直到今天，才又想起它

2016. 12. 24

白色圣诞节

下雪了
白色圣诞节
他们在石头街上走
我的朋友们
戴着闪亮的耳钉

2016. 12. 25

狂欢夜的星光

狂欢夜
那再也不能欢乐的人
躺进冰冷的土地

或许大地，也没有他的席位
他游荡在天空
在一朵云里安身

在尘世
他的身体已伤痕累累
不知道灵魂可还安稳

如果变幻的云
不能使他安心，但愿星星
可以接纳他

允许他
在黑暗中
发出一点点光亮

2016. 12. 25

冰　井

那口冰井的轱辘
一直滚动在
我成长的岁月中

我抹不去你高挑的月白色
在冬夜里的飘摇
春天都反复了多少回

天国的音乐带走你
老房子的葡萄藤，一根都不剩了
芍药开在异地

你的牌坊下摆满樱草花
你的白发啊，如今，长在我的鬓角
而井绳，它永远是新的

2016. 12. 26

雪　墓

大雪苍茫
年轻的仓促背影
只在转弯时一个晃动

故乡的颜色，纷飞在逃亡的梦中
穿过桃花心木小径
落进夜夜浓烈的酒杯

自此，你眼里一直下雪
没见过雪的人
都为你的落魄痛惜

大雪不停下啊下不停
直到你发已成灰
我们接你回家

2016. 12. 27

海　魂

我喊过那么多声海
都被湮没在涛声中
但我知你就在海底

在一座龙的宫殿
他们都凶神恶煞的面貌
只有你笑意盈盈

像没受过人间之苦
不过你的肩膀
留下了勒紧的红印

我再也走不到你身旁
只有一次次坐在礁石上
等待水母梦境一样飘来

2016．12．28

魅　影

你用一瞬间来看我
仅留下模糊魅影

当我坐起来，恭敬回忆
没有任何细节

你未说一句话
甚至，没吹一口气

你，比陌生人亲的亲人
一个提早下车的人

来我的旅途客栈
第一次，你走了这么远

2017. 12. 28

如 今

风，来自四面八方
树叶的眼睛闪烁
我聆听雨的沉默

紫玉兰把花朵
举向人类虚荣的头顶
我喜欢一朵花的香气
但只爱没有香味儿的空气

诗歌，放弃眼前的景色
留出一片空白

2016. 12. 28

新年，我们说说爱情

说说温暖，一间房屋庇护我们
清晨给我们提供红茶

说说空气
两个人一起，只需呼吸对方

说说勇气
穿过黑夜，我等你平安回来

说说信仰
爱的能量推动，灵魂飞升

在更高的寂静之所
爱情，完成最终的相会

2016. 12. 29

祈愿诗

让我们把疼痛的膝盖，
跪在坚硬的大地之上。
卑微的眼泪，流进呜咽的河水。
我们忍受生老病死，承受不公和厄运。
我们如此渺小的存在，
除了屈服还是屈服。
只愿你平等无私的广大悲愿，
可以救度我们。
让我们得到你具足神通力的眷顾！

2016. 12. 29

复活之诗

死亡之影潜入
流浪的人感到温暖
想象的母亲
来到近旁，坐下来
手，理顺夜间乱发
触摸受伤的躯体
悲哀俯视，那被折磨的孩子
但突然，她起身
决然离去

2016. 12. 31

岁末之诗

微弱的烛光
照耀最后的花朵
酒样的海水
浸入干燥的肺
石头，从空中划过
雪，终成宿命
不必哭
爱，仍是故乡

2016. 12. 30

新年之诗

一张白纸的
墙壁
雪地

一扇门的
禁忌
开启

初生儿的
善
与恶

2016. 12. 31

感　谢

写一首感谢的诗
是冒险的
如果你一一列举
总会有遗漏
如果你感谢了不该感谢的
你就犯了错误
好吧
那就只让我感谢
活着

2016. 12. 31

第　五　辑

那在夜色中更娇艳的

新年日出

条条黄金大路
自山岭铺展向天空
万千金箔撒进河水

新年的第二天
我收下了如此贵重的礼物
竟不知何以回报

2016. 1. 2

水　晶

我忘记过一场又一场雨
只记得沉默的雪

当爱不再飞翔，翎羽散落
万物被纯洁的友谊覆盖

往事的枝梢，昔日花朵的影子
神圣地摇动

天空中
水晶杯轻碰

2017. 1. 19

灰　锅

天气冷了，灰锅开始煮我们。
地是它的底，
天空，它的锅盖。

冒着烟，我们咳嗽着，流着泪。
你在哪儿？我的父母，我的孩子们！
我看不到，你们也在锅里。

灰锅煮我们，我们想逃出去，
但摸索不到锅沿儿。
我们已被罩上巨大的雾网。

我们不是犹太人！
战争法禁止使用毒气！
你们对谁说话？灰锅在煮我们。

2017．1．5

217

梦　境

梦，打开另一个生存空间。
比现实更复杂的场景，
时间的跨越，身份的改变。

在梦中出现众多的人物，
你无法记录下来。
他们的形象，确信在电影里也没有看过。

而现实是如此单一的重复，
莫非我们活着是为了做梦？

当生命的尽头，
一切你试图重新回来，
然后我们才可以真正进入梦想。

2017. 1. 8

在大海边上

在大海边上
我富于激情的心
渐渐平息
落日并没有让我伤悲
谢谢你
给予我重新开始的机会

2017. 1. 14

我的缪斯

凝滞的云遮不住
在高山之上
我头顶的星

有时用松枝写字
有时，一片柳叶榕的硬树叶
用闪电写
指令我，凌晨起来

我的缪斯，一个悠闲的小人儿
灰灰的，跷着二郎腿
它从不慌张
随时递给我一支笔

2017. 1. 22

送　钱

金元宝投进火中
有一只像小船
飘走了

乡间夜晚的十字路旁
河水
泛着白银的光

就在我默祷时
树上一只热带鸟
发出一连串的叫声

好像拨通了一个
尘世的电话

2017. 1. 24

红色的伤害

红色的伤害
血液汇聚的屋子
那个人奄奄一息
他用尽最后的气力
给予我应有的补偿

2017. 1. 29

谎　言

谎言，黑洞
时间失踪

在一个人的心里
长着魔鬼的嘴

黑夜展开它的秘密行为
光天化日，需要一所遮蔽的房屋
在角落里，存下阴湿的霉

或在郊外
疑心的种子，每逢春天
伴随青草复生

它遁形，又无处不在
当谎言被击破
四散的碎片无法粘合

2017.2.5

磨　镜

曾以你为铜镜
模糊照我人生

而你，粗粝的石头
从未映出我的影像

亦未曾改变过
你的不规则，生硬的心

当我用手抚摸你
顽劣的棱角

血，染红了你的
来历不明

2017. 2. 5

羞　愧

你，一朵干花
自欺欺人地混迹于玫瑰丛中

2017. 2. 6

春天的赏赐

春天并不在意有人怠慢

樱花和梅花——
艳丽、俏丽的两姐妹

正把姿色赏给那些
熬过了苦冬的人

2017. 2. 8

月亮的另一面

月亮持着剑
小心翼翼
从不给出背影的破绽
盯着板凳，转圈
一个游戏

没有光
我们认定它是黑暗的——
看不到的地方
以及死亡
但我们好奇

2017. 2. 9

归 宿

我依次离开
故乡，家乡
在海天的虚无中寄宿

与白沙滩短暂亲热
海鸥——陌生客
不足以寄托忠诚

芭蕉树一层一层
剥开便是空
昭示我

活着，就不必找寻归宿

2017. 2. 17

噪 音

青蛙一定是最爱说话的动物
它们冬眠醒来，就不再需要睡觉
在我的窗外，热带鸭母河里
青蛙们夜以继日地讨论问题
音阶简短有力
午夜，透过纱窗
我试着记录它们的声音
参悟它们所讲的故事
它们的语言单调，情绪愤怒，无所顾忌
有那么一会儿，我听到它们
甚至发出了成片的狗的叫声
当我们不能理解那些声音
整个世界就是噪音
而当我们听懂了它们的歌唱
我们将为歌舞团精彩的排练喝彩
沉醉于它们领唱、合唱、齐唱、伴唱等
多种艺术形式的夜曲声中

2017. 2. 19

流　逝

白日尚未享尽

繁星占满天宇

河水的散板奏响

夜鸟喃喃声

我们何曾听懂过别人的话语

心底的大提琴低吟

我记得那些在夜色中更娇艳的

召回的裁缝的手

缝合所有的时刻

2017. 1. 26

图书在版编目（CIP）数据

蜻蜓火车 / 梁潇霏著. -- 武汉：长江文艺出版社，
2017.9
ISBN 978-7-5354-9665-2

Ⅰ. ①蜻… Ⅱ. ①梁… Ⅲ. ①诗集－中国－当代
Ⅳ. ①I227

中国版本图书馆 CIP 数据核字(2017)第 112390 号

责任编辑：沉 河 胡 璇 责任校对：陈 琪
封面设计：江逸思 责任印制：邱 莉 胡丽平

长江出版传媒 长江文艺出版社
出版：
地址：武汉市雄楚大街 268 号 邮编：430070
发行：长江文艺出版社
电话：027—87679360
http://www.cjlap.com
印刷：武汉市首壹印务有限公司

开本：880 毫米×1230 毫米 1/32 印张：7.5 插页：6 页
版次：2017 年 9 月第 1 版 2017 年 9 月第 1 次印刷
行数：4935 行

定价：42.00 元